W0404138

SÉDUCTEURS EN ÉQUATEUR

Paru au Livre de Poche :

Au temps du roi Édouard
Correspondance *(avec Virginia Woolf)*
Dark Island
Le Diable à Westease
Haute société
Infidélités
Paola
Plus jamais d'invités !
Toute passion abolie
La Traversée amoureuse

VITA SACKVILLE-WEST

Séducteurs en Équateur

Longue histoire courte

TRADUIT DE L'ANGLAIS
PAR BRIGITTE CARCENAC DE TORNÉ

LE LIVRE DE POCHE

© 1944 by Vita Sackville-West.
© Christian Bourgois éditeur, 1985,
pour la traduction française.
ISBN : 978-2-253-24202-4 – 1re publication LGF

À Virginia Woolf

C'est en Égypte qu'Arthur Lomax contracta l'habitude qui, à la suite d'expériences diverses, le conduisit finalement à l'échafaud.

En Égypte, la plupart des touristes portent des lunettes bleues. Arthur Lomax suivait cette mode aussi incongrue que prudente. En compagnie de trois personnes qu'il connaissait à peine, mais à l'intimité desquelles il avait été forcé par les exigences du yachting – ballotté sur un âne, ses longues jambes pendantes, assorti d'un costume de toile blanche, casque colonial sur la tête, lunettes bleues sur le nez –, il contemplait le Sphinx. Mais Lomax s'intéressait moins au Sphinx qu'au phénomène produit par les lunettes qu'il portait. En fait, il avait déjà classé le Sphinx comme une chose complètement surfaite : privé d'une légende en vogue pour le soutenir, il ne réussirait pas à traîner le voyageur sur mille cinq cents miles jusqu'en Égypte.

Pourtant, comme il arrive souvent, déçu de ce côté-là, il avait été, de façon imprévue, richement récompensé d'un autre. Le monde était changé pour lui et, s'il avait pu le savoir, son avenir entier modifié par ces deux cercles de verre teinté. Malheureusement il est rare que l'on reconnaisse le visage que prend le futur avant qu'il ne soit devenu son propre passé.

Qu'il relève les lunettes sur son front pour regarder par-dessous, ou bien qu'il les fasse glisser au bout du nez pour voir par-dessus, il affrontait, démuni, l'éclat trop cru du soleil égyptien. Mais lorsqu'il les réajustait là où il est indiqué de les porter, immédiatement il réintégrait un monde curieux depuis peu devenu sien. Il était plus que curieux, il était magique. Une lumière verte, dense, enveloppait toute chose, une lumière préfigurant quelque tempête inimaginable, ou peut-être en suspens entre un soleil mourant et un monde mort. Il songeait à la pauvreté de l'imagination commune qui fait des lunettes bleues quelque chose de prosaïque, voire de comique. Toutefois il résolut de n'initier personne à sa découverte. À qui est doté de perception, que la perception reste sacrée, mais ceux qui sont obtus, laissez-les pour toujours demeurer dans leur obscurité...

Or, sans Bellamy, jamais Lomax ne serait allé en Égypte. Bellamy possédait le yacht. Un homme grand, cadavérique, à la peau sombre, avec d'épais cheveux blancs, les yeux bleu pâle ; il appartenait au club de Lomax. Ils ne s'étaient jamais accordé plus d'attention que celle qu'exige un salut. Et puis un soir, Bellamy, placé à côté de Lomax au dîner, avait mentionné qu'il partait le jour suivant en bateau pour l'Égypte.

Il était grandement contrarié, car son troisième passager, un homme, venait de lui faire défection. « Liens de famille », grommela-t-il. Puis s'adressant à Lomax : « En tout cas, vous n'avez pas l'air d'en avoir ! » « Je n'en ai pas », répondit Lomax. « Heureux homme ! » lâcha Bellamy. « Non, dit Lomax, moins heureux qu'avisé. Un homme ne naît pas avec femme et enfants, et s'il les acquiert, il ne peut s'en prendre qu'à lui-même. » Cela parut amuser Bellamy, surtout venant de la part de Lomax qui habituellement restait taciturne, et il ajouta : « Ainsi donc il vaut mieux vous embarquer pour l'Égypte demain. » « Merci, dit Lomax, je viendrai. »

Ce voyage ferait passer le temps. Une croisière sur un yacht était chose assez plaisante et civilisée pour s'y adonner, et Lomax appréciait ce qui est plaisant et civilisé. En homme difficile, critique, il accordait peu à ce qui est appuyé ou voyant. Son penchant pour les gestes subtils – et l'on ne peut nier qu'un tel penchant était latent en lui – avait été si judicieusement réprimé que Lomax pouvait alors se féliciter d'avoir réalisé l'idéal de bien-être de tout Anglais véritable. De ce voyage, donc, il n'anticipait rien, sinon six ou sept agréables semaines de tourisme en compagnie de gens également civilisés. Le but de cette histoire est cependant de démontrer quel danger il y a à se laisser prendre à la vie des autres sans savoir s'ils sont inoffensifs, et surtout quel est le risque, au milieu de sa vie, de contracter une habitude nouvelle exposant alors à lâcher les lions de la folie, qui rôdent au profond de nous-mêmes, et qu'il est du devoir de tout citoyen de maintenir fermement en cage.

On ne pouvait blâmer Lomax, bien sûr. Il ne savait rien de Bellamy, et pour Miss Whitaker il n'avait au départ qu'un sentiment de compassion purement chevaleresque. Sans compter ceci, qu'il faut bien se rappeler : sous l'influence, récente encore, de ses lunettes, il vivait dans une sorte d'extase – à en perdre le souffle, un état où il se trouvait entraîné par ses instincts et jeté dans le compromis avant même d'avoir eu le temps d'ôter ses lunettes et de consulter sa raison. Véritablement, avec une rapidité qu'il ne fut jamais à même de comprendre, il se trouva dans une situation telle qu'il n'osa plus enlever ses lunettes, affronter de nouveau les effets du grand jour : le réalisme n'était plus pour lui. Et ses lunettes qui avaient fait de lui leur esclave le lui rendirent bien. Elles infléchirent le monde de façon extraordinaire. La dominante de la lumière était verte et non jaune, le ciel et le désert ensemble viraient au vert, les rouges devenaient pourpres, les verts tiraient sur le noir. Cela produisait un effet de calme, toute chose semblait ouatée. Les bruits du monde perdaient leurs sens. Tout était à la fois intensifié et mis à distance. Lomax trouvait cela décidément bien plus intéressant que de regarder l'Égypte. Le paysage égyptien était un fait, avait une réalité concrète, mais là était un phénomène qui présentait la vie sous un nouvel aspect.

Lomax savait bien que montrer la vie sous un jour nouveau est le commencement et aussi, probablement, la fin du génie. Il n'y a donc pas à s'étonner que sa découverte ait produit chez lui, si profond, riche en sensations, un grand trouble. Ses compagnons le trouvaient silencieux, un peu falot, même. Accoutumés à son silence, ils ne le voyaient déjà plus comme un stimulant possible ; ils lui prêtaient une sorte de stabilité, car étant peu communicatif, il émanait pourtant de lui une agréable et vague impression de sécurité. S'ils ne pouvaient s'attendre de sa part à ce qu'il parvienne à les amuser, en chacun d'eux demeurait la conviction inavouée que Lomax était un homme sur qui se reposer en cas de difficulté. Mais jusqu'à quel point, cela leur restait encore à apprendre.

Il est temps maintenant d'être un peu plus explicite au sujet des compagnons de Lomax.

Peut-être Miss Whitaker mérite-t-elle la préséance, puisque c'est elle en fin de compte qui épousa Lomax.

Et sans doute devrait suivre Bellamy ; puisque c'était lui, après tout, pour le meurtre duquel Lomax fut pendu.

En troisième lieu, pourrait venir Artivale, puisque c'est à lui finalement que Lomax légua sa fortune, c'est-à-dire celle de Bellamy.

Le lecteur averti aura tout de suite observé que l'élément de surprise n'est pas le ressort de cette histoire.

« Lord Carnarvon serait vivant aujourd'hui, s'il n'avait pas touché à la tombe », disait Miss Whitaker à Lomax.

Lomax, allongé sur une chaise longue sous la véranda de leur hôtel, désapprouvait.

« Mais je le *sais*, ajouta Miss Whitaker avec une extrême simplicité.

— D'abord, comment le savez-vous ? » répondit Lomax qui s'ennuyait.

Mais Miss Whitaker ne consentait jamais à donner d'explication directe. Elle préférait suggérer qu'elle gardait des informations trop mystérieuses pour être confiées. Elle avait également l'habitude particulièrement irritante de faire constamment référence et de façon détournée à des amis absents, conduisant celui qui était là à se sentir exclu, insignifiant, sans envergure, méprisable.

« *Vous et moi* ne serons jamais d'accord sur ces questions-là. » C'est ce qu'elle répliqua à cette occasion.

Lomax lui demanda une fois où elle vivait à Londres. Avec un regard de défiance, comme un petit animal brun ayant peur d'être attiré dans un piège, elle répondit qu'elle pouvait se trouver à toutes sortes d'adresses. « Ça ne veut pas dire que *vous* m'y trouveriez ! » ajouta-t-elle en riant. Lomax savait qu'elle ne cherchait pas à être agressive mais à se rendre intéressante. Il n'était pas intéressé ; pas même assez pour demander à Bellamy. C'est lui qui l'intéressait passablement maintenant ; il était déterminé à attendre que Bellamy fasse le premier pas vers une plus grande intimité. Celui-ci ne montrait pourtant aucune disposition à le faire. Il était civil, hospitalier avec ses hôtes, aussi hors d'atteinte qu'un pic rocheux. Lomax le savait très riche et délicat, là se bornait son savoir. La réticence de Bellamy rendit ses confidences, quand finalement elles vinrent, d'autant plus surprenantes.

Artivale, le quatrième du groupe, était au contraire aussi expansif qu'on peut l'être. Brun, pauvre, c'était un jeune scientifique débraillé, brûlé par tout le piment de la vie et de sa profession. Jeunesse, zèle, compétence étaient ses qualités dominantes. Bellamy, discret dans ses façons, souriait de cette exubérance et tous aimaient bien Artivale, excepté Miss Whitaker qui le jugeait prétentieux. L'admiration de Miss Whitaker allait à un seul type d'homme. Elle traitait de pervers ou de prétentieux tous ceux qui n'y étaient pas conformes. Fâcheusement pour Lomax, Bellamy et Artivale, aucun d'eux n'était conforme. *Ses* amis, laissait-elle entendre, étaient des hommes d'une autre trempe. Artivale, devant sa réprobation, ne semblait souffrir nul embarras et ses manières envers elle restaient candides, engageantes comme à l'égard de quiconque ; il n'était pas moins sûr de la bienveillance de chacun qu'un jeune chien ou un enfant. Avec lui, seulement, Lomax aurait peut-être partagé l'enchantement de ses verres colorés, s'il avait ressenti le désir de le faire. Artivale avait cerné le sujet : il avait mis les lunettes, porté le regard autour de lui et ri. « Grand Dieu, quel monde bizarre ! Toutes les valeurs sont modifiées. » Il brisa là, ses idées prenant déjà un autre cours. Il ne pouvait pas rester longtemps en arrêt sur une seule chose – il laissa juste une seconde à Lomax pour apprécier l'exactitude de son observation.

Artivale était ainsi, vif et précis, toujours comme en passant.

Lomax alla chez le pharmacien au Caire, acheta toutes les lunettes teintées qu'il put trouver. Il avait déjà sa paire bleue achetée à Londres ; au Caire il se munit d'une paire couleur d'ambre, d'une verte, d'une rose et d'une noire. Il s'amusait à les porter tour à tour ; bientôt l'amusement cessa et devint obsession, vice. À travers, il n'observait pas seulement le paysage, mais également ses compagnons. Bellamy et sa réserve, et Dieu sait quelle tragédie en arrière-fond ; une vie finie, celle de Bellamy, on le sentait sans savoir pourquoi. Miss Whitaker et son mystère calculé ; une existence vide, c'était perceptible, derrière, vide comme une voile gonflée de vent – et que de voiles blanches ventrues sur la bleue Méditerranée ! Artivale avec toute son énergie, une vie qu'on sentait explosive, Dieu merci, à côté des deux autres. Lomax avec ses lunettes. Chacun se suffisant à soi-même et de ce fait coupé des autres. Lomax se considérait d'autant moins à l'écart qu'à travers ses lunettes il observait.

Il portait les roses quand il tomba sur Miss Whitaker qui sanglotait sous la véranda.

Miss Whitaker ne l'avait pas beaucoup remarqué durant la partie du voyage déjà écoulée. Elle n'avait, à vrai dire, spécialement remarqué personne. Elle avait passé son temps à écrire des lettres, ensuite oubliées çà et là à des endroits subtilement choisis ; elles étaient adressées en Équateur. Arrivée en Égypte, elle avait émergé de sa réclusion épistolaire. Peut-être cela n'avait-il pas suscité les commentaires qu'elle espérait. Elle avait alors réquisitionné Lomax et lui dispensait quelques fragments de son âme. Elle ne lui aurait pas donné son adresse à Londres, mais lui servait des miettes de son expérience spirituelle. Même allusives, elles étaient fort explicites. Jetées à lui avec une sorte de dédain, comme s'il était indigne de les recevoir, mais plutôt, sous l'effet d'une pression intérieure – recrachées. Lomax, ivre derrière son mur de verre coloré, jouait de son mieux le personnage qu'on attendait de lui. Il savait bien – et ses verres rendaient ce savoir plus sombre encore – que la vie est une affaire dont on ne vient pas facilement à bout. Et il ne voyait aucune raison, découragé comme il l'était, que l'étrange croisière organisée par Bellamy ne vienne enrichir son ennui d'autant.

Il portait, donc, ses lunettes roses quand il tomba sur Miss Whitaker sanglotant sous la véranda.

Les roses, à ce moment-là, étaient ses favorites. Vous savez, la douceur répandue sur le monde à l'heure d'une éclipse solaire, comme le chant des oiseaux cesse de lui-même et ils s'en vont dormir, comme les feuilles des arbres deviennent immobiles et métalliques, comme le ciel vire au cuivre ? Comme les étoiles apparaissent, terribles dans le jour quand l'heure est fixée sur midi, non minuit ? Comme tout est soumis au silence, empli de la crainte du désastre qui pourrait s'abattre ? Ainsi, à l'envi, en était-il pour Lomax. Mais, pour une fois, Miss Whitaker était une femme naturelle.

« Oh ! dit-elle en levant les yeux à la fin, pour l'amour de Dieu ôtez ces abominables lunettes ! »

Lomax, alors, réalisa quel abîme était entre lui – installé en un monde étrange – et le reste de l'humanité dans un jour salutaire. Il comprit aussi que s'il les enlevait, Miss Whitaker deviendrait immédiatement intolérable.

« L'éclat me blesse les yeux », dit-il. Ainsi mentons-nous. Miss Whitaker saisit mal ce qu'elle y gagnait. Les yeux sur Lomax, c'est un homme insensé qu'elle voyait. Les yeux sur Miss Whitaker, Lomax vit une femme dans la détresse. Tout son être de femme pressé par la catastrophe. Son bon sens, divinement, était en suspens ; et il le laissa là. Quoi d'autre valait donc vraiment la peine ?

À Miss Whitaker se communiquait aussi le sentiment de quelque chose d'imminent. Ses inventions, quelle merveille, étaient en train de devenir vraies. Bien sûr, pour elle, elles l'avaient toujours été. Quoi d'autre valait donc la peine ? Mais que la réalité des faits corrobore celle de l'imagination ! Le cœur lui en battait. Elle gardait les yeux détournés de Lomax. C'était sa seule chance. Il gardait les yeux rivés sur elle : c'était lui aussi sa seule chance. À aucun prix elle ne devait voir ses lunettes, et quoi qu'il lui en coûte, c'est à travers ses lunettes qu'il devait regarder, uniquement. Il observait. La chaise où elle se trouvait était une nuée fumeuse ; sa fragilité avait quelque chose de crépusculaire. Ses larmes, pierreries éthiopiennes, perles noires, déchirement de deuil. Bien certain que Lomax avait été auparavant un homme ordinaire. Il avait mené sa vie pas plus cyniquement qu'un autre. Un homme banal, sans rien dans le monde pour l'accaparer. Là peut-être était son drame. En tout cas, maintenant, il y était remédié de façon extravagante.

Cela prit du temps pour arracher une confession à Miss Whitaker. Elle pouvait écrire « Équateur » sur une enveloppe, et sans dire un mot le laisser voir, mais elle ne pouvait se résoudre à formuler une indication géographique aussi précise. Il y avait des moments où – même derrière ses lunettes roses – il semblait à Lomax parfaitement ridicule de proposer le mariage à Miss Whitaker. À peine la connaissait-il. Même alors, l'idée de se marier avec une femme qu'on connaît à peine continuait à lui paraître un peu moins grotesque que le contraire. La femme de sa vie étant inaccessible et la raison pour se marier avec n'importe qui d'autre serait toujours suffisante. Et quelle meilleure raison qu'avoir trouvé une femme solitaire, en pleurs et l'avoir regardée à travers du verre coloré ?

Miss Whitaker savait une seule chose – qu'elle devait garder la tête froide. Elle n'avait pas pensé que les lignes éparses lancées par elle en direction de Lomax pouvaient ainsi tendues se resserrer dans un nœud. Jamais elle n'avait imaginé auparavant qu'elles pouvaient se serrer à ce point. Mais quel homme extraordinaire ! Après avoir passé sa vie à espérer tomber sur quelqu'un de complaisant, elle était maintenant étonnée de l'avoir trouvé. Il était trop beau pour être vrai. Très vite, car il se faisait insistant, il fallait aviser. La situation ne devait pas s'effriter dans une quelconque banalité. Cela ne l'effleurait même pas que la vérité suscite chez lui un intérêt égal à celui de n'importe quelle fiction. Elle n'était pas la seule ; qui donc prend du recul pour saisir l'image que donne sa propre vie ? Les uns et les autres plaquent toutes sortes de couleurs, qui le temps venu s'écaillent et découvrent dessous le motif premier. Miss Whitaker recouvrait d'une couleur seulement un peu plus épaisse que les autres. Elle découvrait que Lomax s'était emparé du pinceau et ajoutait çà et là nombre de clairs-obscurs, tandis qu'elle en était la spectatrice désarmée. Ici un gris de désillusion, là les lumières de la foi. Le tableau prenait forme sous ses yeux. Lomax était déchaîné et l'entraînait avec lui. « Il y a dix jours, risqua-t-elle, vous ne me connaissiez pas. » Et pour rendre les choses encore plus déroutantes, Lomax, de toute évidence, se trouvait lui-même dans un grand désarroi. Animé par un feu intérieur, il prononçait les mots qui lui venaient, poussé à abandonner tout égoïsme dans l'exaltation du sacrifice de soi. Créature absurde, il croyait en sa mission. Miss Whitaker ne fut pas longue à s'embraser à sa flamme. Tous deux à présent étaient rattrapés par leur drame. Avec ardeur, il la pressait de détails, et ici d'un soupir qu'elle laissait échapper, là d'une petite rougeur d'amour-propre, elle lui donnait légère confirmation. Véritablement admirable, le terrain commun qu'ils parvenaient à ménager entre eux ; des personnalités émergeaient à plusieurs dimensions. L'Équateur rentra dans sa place avec un déclic. L'expédition en Égypte elle-même vint s'emboîter : Miss Whitaker avait accepté l'invitation de Bellamy pour échapper à la vigilance d'un frère. Un tempérament violent, ce frère – Robert. Au premier affront fait à sa sœur, il volerait jusqu'en Équateur. Robert était riche, immensément. Il possédait des puits de pétrole en Perse.

Aucune dépense ne serait épargnée pour fouiller l'Équateur de fond en comble. Il était déjà bien connu pour avoir « nettoyé » la Russie à cause de la vengeance d'une femme. En cet instant, lui aussi, Lomax était prêt à « nettoyer » l'Équateur. Miss Whitaker hésitait ; elle savourait l'image d'un Lomax, les narines fumantes mettant à sac l'Amérique centrale tout entière, mais dans un deuxième temps elle se ravisa et l'en dissuada : elle ne voulait pas, disait-elle, l'envoyer à la mort. Lomax avait dans l'idée que le séducteur – resté anonyme – ne s'avérerait pas si redoutable. Miss Whitaker campait un personnage formidable : l'une des pires crapules, mais dans tous les sens du terme, irrésistible. Lomax méprisait l'adjectif et il n'avait que faire de crapules assez insensibles pour faire porter tout le poids des conséquences à une femme. Il utilisa un mot fort, qui fit battre les paupières de Miss Whitaker. Les hommes qu'elle admirait n'employaient pas de tels mots en présence des femmes. Mais, vu les circonstances, elle ne fit aucune remarque, ferma les yeux sur cette irrégularité. C'est à peine si elle leva un doigt de reproche : pas un mot de blâme ne devait résonner à ses oreilles.

« Au fait », dit Lomax, tandis qu'ils se séparaient allant chacun s'habiller pour le dîner, « puisque nous allons nous marier, ça ne vous dérangerait pas de me dire votre prénom ? »

La façade de l'hôtel était un mur de béton percé de fenêtres, les pièces, des compartiments carrés renfermant des individus seuls. Quelquefois ils contenaient des couples liés ensemble par la convention ou le plaisir. Dans tous les cas, les personnes concernées étaient pratiquement séparées, qu'elles le veuillent ou non. Elles n'avaient pas le choix dans cette affaire. Bottes et chaussures devant les portes se tenaient en rang près du passage. Les bottes de cheval des soldats, tannées et pourvues de petites attaches pour les éperons. Avec hauts talons et brides pour les chaussures de femmes. Deux paires se tenaient parfois côte à côte, dignes et convenables, masculine et féminine, et cela donnait aux paires isolées un air d'abandon. Sûrement, si elles avaient pu marcher sans pieds ne se seraient-elles pas glissées près d'une autre ? La petite épouse égyptienne du colonel, qui minutieusement enduisait son nez de crème avant de le poudrer, souhaitait que ce monsieur Bellamy, d'allure si distinguée, les invitât à bord de son yacht à Alexandrie. Le colonel, en manches de chemise, souhaitait seulement que son bouton veuille bien entrer dans son col. Artivale, penché sur un caméléon mort, incisait avec netteté son ventre d'une paire de ciseaux à ongles. Le jeune serveur suisse, dans le placard lui tenant lieu de chambre, voyait la sueur tomber de son front sur le plancher pendant qu'il s'enlevait un morceau de corne d'un doigt de pied. Il était, inconsciemment, assis dans la position du *Tireur d'épine*. Mais Lomax et Miss Whitaker, en retrouvant leur chambre respective, s'arrêtèrent épouvantés par leur propre folie lorsque la bénédiction de la solitude les enveloppa au moment où se referma leur porte.

Il n'est pas vraiment difficile d'obtenir une autorisation de mariage. Une fois que l'on s'est compromis dans une chose, toute fierté interdit de faire marche arrière. Toujours est-il que Lomax se maria avec ses lunettes – les bleues. Sans elles, il n'aurait pu aller jusqu'au bout de la cérémonie.

Ils rentrèrent à pied à l'hôtel, quand ce fut fini, *via* le bazar. Ils durent se plaquer contre un mur pour laisser passer une file de chameaux. Le tumulte et les clameurs du bazar montaient autour d'eux ; Ahmed Ali, des tapis bon marché sur l'épaule, faisait briller pour Miss Whitaker ses belles dents et ses pauvres châles d'Assiout ; quelqu'un jeta un flacon de parfum dont la senteur s'éleva sous leurs pieds, comme l'encens avant le sacrifice. Encore ne firent-ils aucune référence à ce qui venait d'avoir lieu. Il était convenu de n'en faire mention ni entre eux, ni avec qui que ce soit d'autre. Il y avait le temps pour cela, pensait Lomax, un nombre indéterminé de mois d'ici là avant que ne vienne pour lui le moment d'avancer d'un pas sur la scène et de donner à l'enfant son nom. C'était à Miss Whitaker de voir elle-même. Quand elle aurait besoin de lui, elle lui enverrait un message, voilà tout. À présent, Bellamy venait de les retrouver sur les marches de l'hôtel, plus génial que d'habitude encore ; en effet il avait parlé quelques instants avec l'épouse du colonel et celle-ci l'avait amusé – joie éphémère, mais c'était mieux que rien du tout pour cet homme triste.

« Vous avez fait du tourisme ? » demanda-t-il ; puis, lorsque Miss Whitaker eut pénétré dans l'hôtel : « C'est vraiment noble de votre part, mon cher Lomax, dit-il, d'avoir emmené ainsi Miss Whitaker pendant une matinée entière. »

Le mari de Marion Vane mourut cet après-midi-là. Elle était restée à son chevet ; elle avait loyalement essayé de ne pas penser que désormais elle serait libre de se marier avec Lomax. Elle ne savait pas où il se trouvait, car bien avant ils avaient décidé qu'il valait mieux pour eux ne pas communiquer. Il apprendrait la mort par les journaux, évidemment, et peut-être lui écrirait-il une lettre formelle de condoléances ; mais elle était sûre de pouvoir compter sur lui pour ne pas venir auprès d'elle avant qu'elle ne le lui fasse savoir. On était en avril, en octobre elle lui ferait signe. Elle fut alors effrayée par un faible son de gorge, elle vit les doigts qui avaient agrippé les couvertures, se crisper d'abord puis demeurer immobiles.

La Néréide leva les voiles au départ d'Alexandrie deux jours plus tard. Bellamy ne semblait pas se résoudre à choisir un endroit où aller. Il fut question de Sicile, de la côte dalmate, du Pirée et de Constantinople. Les autres restaient quasiment passifs devant ses flottements. Maintenant qu'ils étaient au large, ils réintégraient ce petit monde qui se suffit à soi qu'est chaque bateau en mer. Temporairement – mais si convaincante est l'illusion de permanence… Un monde pesant tant de tonnes réduit à la mesure de tant de pas, limité à la population de tant d'âmes, un monde ensemble restreint et illimité, étroitement ici borné au compas du bateau, et là assujetti à nulle frontière sinon celle des eaux du globe. Dans un navire en mer s'évanouit notre vie terrienne et l'existence s'emplit des nouvelles conditions. D'ailleurs sur un voilier ont cours des lois réduites et simples, simple question d'éléments. Bellamy était bon marin – assez excentrique, disait-on – pour dédaigner l'appoint d'un moteur à vapeur. Il appréciait le caprice et dans le vent trouvait une humeur capricieuse propre à satisfaire son goût. Par temps calme il se montrait patient et dans la tempête, amusé. Pour le reste il se comportait en cette matière comme dans les autres (selon des principes fixes et généraux) comme s'il pouvait vivre à loisir.

Aucune côte n'était en vue, car Bellamy aimait rendre la côte invisible. Cela, expliquait-il, intensifiait le sens de l'espace, mais également le sens du temps. Ainsi longeaient-ils les rivages de Barbarie quelque part au-delà de l'horizon, flânant plaisamment hors du siècle. En vérité, les heures des repas avaient plus grande importance que le laps de temps écoulé depuis la naissance du Christ. Cela, disait Bellamy, partait d'une saine disposition. Bellamy, dans sa manière courtoise, sophistiquée et ironique, était un tant soit peu tyrannique. Sans rien leur dicter, il suggérait non seulement où aller, mais encore que penser. C'est avec beaucoup de subtilité que cela était fait. Ce n'était pas vraiment assez pour s'en trouver froissé, mais tout juste pour les mettre quelquefois, l'espace d'un moment, mal à l'aise. Et qu'en serait-il quand ils voudraient rentrer si Bellamy refusait ? Et si, de l'hôte qu'il était, il virait au geôlier ?

Mais en attendant il était bien agréable de faire une croisière sur *la Néréide*, allongé sur une chaise longue, tandis que Bellamy, la main sur la barre et la bôme de la grand-voile au-dessus de lui, observait de sous sa visière, non eux mais la mer.

Elle était très bleue d'ailleurs, et *la Néréide* lorsqu'elle ne courait pas sous un bon vent, filant sur son erre, gisait abandonnée aux flots, si basse que de temps à autre elle embarquait un peu de mer, seule une petite coulée s'enfuyait aussitôt par les dalots ouverts du côté qui penchait, dans la hâte de retourner à son élément. Le bon vent ennuyait Bellamy. Il haïssait la monotonie d'un jour où toute la voilure déployée, et la belle forme incurvée du spinnaker, il y avait la sieste de l'équipage à l'avant – répit dans la course pour manœuvrer le gréement. Ce qu'il aimait, c'était une journée passée à virer de bord en bord. Alors il écartait le second ou le capitaine, tenait lui-même la barre et criait : « Parez à virer ! » à l'équipage. Et ce qui lui plaisait encore plus, c'était de capter le regard du second, lui donner l'ordre d'un simple signe de tête, et faire glisser ses hôtes inavertis le long du pont tandis que le bateau virait ; alors, lui de rire et de s'excuser avec une civilité parfaite. Mais ils remarquaient qu'à la prochaine occasion il faisait exactement la même chose. « Bellamy aime nous taquiner ! » disait Lomax avec assez d'insistance dans la voix. Bellamy le faisait même avec une certaine irritation. Jusqu'à ce qu'une fois en empannant la voile hollandaise il expédie Lomax, allongé, assoupi sous la bôme de misaine, presque mourir dans la mer.

On dort, une grande partie du temps sur un yacht. Artivale pêchait et disséquait les poissons qu'il avait pris, si bien qu'une section du pont était constellée d'arêtes, petites et grandes. Lomax les examinait à travers ses lunettes. Artivale, de ses doigts longs et fins, recueillait les petits os et les reposait en les ajustant avec une dextérité de dentellière à ses bobines. Assis en tailleur, les cheveux ébouriffés par le vent, quelquefois il levait les yeux avec un large sourire vers une Miss Whitaker réprobatrice : « Vous jouez aux jonchets, Miss Whitaker ? » demandait-il en faisant un petit tas de toutes les arêtes enchevêtrées.

Tout était bleu profond et blancheur. Soyeux, immenses, immaculés flottaient les nuages, et blanches les voiles et le petit cimetière d'Artivale ; pourtant le pont de bois bien lavé, qui au mouillage à Southampton avait l'air blanc, apparaissait ici, par contraste, jaune pâle. Les voiles lançaient des ombres bleues. L'équipage courait pieds nus, sans bruit. « Quand serons-nous là-bas ? » songeait Lomax. Comme il ne savait pas où « là-bas » se trouvait et que cette immensité bleu et blanc était pour lui tel le sombre nuage suspendu d'un orage menaçant, il était content de se laisser bercer sur une chaise longue, passivement, dans l'ample balancement du temps. Vraiment rien de précipité en lui, car sa vie terrienne, éloignée maintenant, avait été simplement une chose dont il fallait venir à bout. Seule la vague curiosité de voir ce qui allait arriver durant l'éternité qui s'étirait devant lui. Et il ne savait pas que le mari de Marion Vane était mort. Ainsi dans son transat faisait-il des conjectures sur Bellamy, observait Artivale, sensible en même temps à la présence parallèle de Miss Whitaker – qui était sa femme – installée dans *sa* chaise longue ; et, à l'occasion, pour se rafraîchir, derrière ses lunettes de chouette, tournait les yeux sur l'étendue, pour lui, de mer et de ciel fauves.

La belle affaire, après tout ?! Il y en avait bien d'autres, des communautés dans ce monde à part celle-ci, microscopique sur la Méditerranée. Lomax voyait le bleu tel qu'il n'était pas. Les autres le voyaient, ou pensaient le voir tel qu'il était. À moins que nos modes de communication ne deviennent plus subtils qu'ils ne le sont à présent, nous ne sommes même pas sûrs que nos yeux voient une couleur identique. Comment, alors, chacun pourrait-il connaître l'autre ? Lomax vivait seul avec son secret, Bellamy avait le sien ; et quant à Miss Whitaker, si d'ordinaire la Vérité réside au fond d'un puits, au fond de son cœur elle devait sûrement avoir trouvé demeure à sa convenance. Artivale, en bon scientifique à l'affût des indices, en savait probablement plus sur les secrets de la vie que les marins qui engendrent leur descendance selon la bonne vieille manière un peu fruste. Mais on pouvait douter qu'Artivale lui-même connaisse vraiment ce qui valait la peine d'être su. Il déclarait avoir fait naître un têtard en éprouvette ; une fois celui-ci à terme, Artivale était incapable de dire s'il allait se développer lorsque le têtard inconsidérément creva, d'ailleurs, remarquait-il lui-même, il y avait déjà suffisamment de têtards dans le monde.

Des îles volcaniques parurent, piquées sur la mer ; des villes blanches, des temples dorés accrochés à une côte violette. Bellamy souffla que personne n'avait envie d'aller à terre ; ce à quoi ils acquiescèrent. Ils partageaient une répugnance étrange à le contrarier. Ils naviguaient maintenant à un jet de pierre d'une côte sauvage, escarpée, leurs nuits et leurs jours bordés de somptueux couchers de soleil ou d'aurores éclatantes. Pour ceux-là le temps n'existait pas. La géographie non plus. Bellamy fit allusion à l'Illyrie et, contents, ils en restèrent là. Cela convenait à l'irréalité de leur croisière. Il y a des peintures où des bateaux lèvent les voiles dans une brume solaire, des navires de haute mâture, aux flancs larges, striés de cordages, lancés vers l'inconnu, voyages à Cythère romantiques dans une lumière voilée. Lomax portait les lunettes couleur d'ambre et voyait un navire vermeil évanescent dans l'air doré. Matins et soirs flamboyaient sur la mer. Chaque journée était une lagune bleue. Îlots et rochers faisaient comme des taches sur le poli de l'eau. Les montagnes dévalaient pour se poser au bord. Les villes d'Illyrie, élevées sur les flancs du littoral, se dressaient, attirantes, puis s'estompaient au loin. Venise et Byzance, tout en flèches et en coupoles, faisaient résonner pour toujours les armes de la paix sur la scène de leurs exploits. Les villes pourtant étaient rares ; il n'en passait pas plus d'une chaque vingt-quatre heures. Pour le reste, ils se retrouvaient seuls vers ce rivage de pirates qui se jetait avec barbarie dans la mer. Jamais une cabane, un chemin, une chèvre, rien pour évoquer la vie. Mais se répétaient les éboulements, les grottes courant entre les promontoires et la barrière de montagnes lugubres entre la mer et l'étendue de l'arrière-pays. Le minuscule bateau voguait solitairement sous les pics. Jour après jour, *la Néréide* avançait, longeant sans but l'Illyrie, et Bellamy attendait la tempête. « Eaux trompeuses ! » avait-il observé en y pénétrant. Cela semblait tout à fait incongru que la mer puisse être si calme quand le rivage se montrait si tourmenté. Jour après jour, immuable, la côte sauvage toujours à leur droite et à gauche une mer étale. Jour après jour, l'oisiveté et un mur de désastre se dressant plus haut.

Les marines nous font voir un navire levant les voiles sous un vent favorable. Elles ne le suivent jamais dans la turbulence de son aventure. Les amis l'encouragent de leur mouchoir qu'ils agitent, puis s'en retournent. Ils ne savent rien de lui jusqu'à la lettre disant qu'il arriva à bon port. Et à cause de cela, les vies des amis se touchent, ici ou ailleurs, selon le mode qui leur est habituel, et la brèche, dans l'intervalle, n'est jamais comblée, les bords jamais reliés : la connaissance est un miroir brisé qui ne trouvera plus la douceur d'une surface unie.

Arriva le moment où *la Néréide*, avec sa charge d'âmes, vit la sérénité de l'Illyrie ruinée dans une nuit de fureur. Les épouses des hommes d'équipage, en allumant la lampe dans leur cottage à Brightlingsea, n'en savaient rien, et la femme du capitaine écrivait à sa tante : « Joe a un bon travail. Il est avec un monsieur qui s'appelle Bellamy, sur une yole en Méditerranée. » Et Marion Vane, portant sur le deuil des revers de batiste au cou et aux poignets, restait évasive avec son administrateur venu dîner quant aux dispositions à prendre pour sa maison de campagne, car elle croyait que l'année suivante, au même moment, elle serait mariée avec Lomax. *La Néréide* n'avait pas les flancs larges. Elle était élancée comme un chien de chasse, et ce n'est pas en solide plébéienne mais avec une fougue tout aristocratique qu'elle affronta la tempête. Les voiles vite repliées, elle chevauchait, mâts dénudés, en piquant follement le ciel. La nuit noire, déchirée, l'enveloppait. Encore visible, la côte concourait à la tempête ; elle avançait ses escarpements contre les vagues et les vagues se ruaient contre les rochers. La petite nef, une pauvre chose ; des coups violents lui étaient portés sur le lieu d'affrontement des ennemis. Pluie, embruns, tout ensemble s'abattaient sur le pont. D'instant en instant la tempête amplifiait et un vent hurlant cinglait le haut des mâts décimés. Les hommes, silhouettes noires accrochées aux montants pour tenir, descendaient en chute libre avec *la Néréide* lorsqu'elle basculait d'une crête dans le creux d'une lame, se redressaient avec elle, heureux de trouver là encore le pont sous leurs pieds. Fouettés de pluie, aveuglés par l'obscurité, ils étaient sans rien voir, sentaient seulement, de leurs mains mouillées, gelées, agrippées au bastingage ou à l'épontille, de tout leur corps qui plongeait et remontait, accusant les coups et les secousses du bateau envoyé en l'air, le choc de l'eau quand elle se fracassait sur le pont, en expulsant le souffle hors de leurs poumons, qui de si peu les aurait balayés de leur refuge jusque dans le bouillonnement sans espoir de la mer.

Lomax était dans la cabine sur le pont. Il se trouvait là au sec, et pouvait s'arc-bouter pour résister au bateau qui se cabrait puis replongeait ; il se réjouissait presque, en plus, de la masse d'eau qui prenait de plein fouet la petite cabine, pour lui invisible mais puissante, sonore et qui dévalait le pont dans toute sa longueur. Un drôle de lot qui serait noyé, pensait-il ; et il se rappelait leur départ de Southampton, tous un peu timides, contraints et une Miss Whitaker sémillante, cependant sur la défensive. Comme c'était loin ! Il n'arrivait plus à calculer. Descendus jusqu'à Calshot, là ils avaient jeté l'ancre par un soir mouillé d'avril entre un ciel liquide et une mer d'huile ; mouettes et hydravions frôlaient tantôt la mer, tantôt le ciel dans l'apaisement et l'efflorescence rose du coucher de soleil immense. Ils n'avaient rien su les uns des autres, et Miss Whitaker avait écrit des lettres après dîner dans le salon. Enfin ! C'est ainsi ! se dit Lomax.

Il y eut des heurts, des tâtonnements contre la porte de la cabine, une brusque poussée de vent, une ondée d'embruns, et Bellamy en ciré brillant s'introduisit dans ce refuge et claqua la porte derrière lui. Une mare, immédiatement, commença à se former autour de lui sur le sol. Lomax pensa étrangement qu'il avait un air de triomphe – comme si son heure était venue. « Content de nous avoir tous mis dans le pétrin », pensa-t-il de façon assez mesquine. Cela le contrariait de ne pas avoir encore trouvé la clé de Bellamy.

« Je veux vous parler ! » cria Bellamy, incertain sur ses pieds mais debout.

Il voulait parler. Ainsi un danger extérieur lui donnait intérieurement du courage.

« Venez dans ma cabine ! » lança-t-il à Lomax par-dessus son épaule, puis il entama la descente devant son compagnon.

En réalité, Lomax ne saisissait rien de ce qui se passait. La tempête, à vrai dire, n'était pas parvenue jusqu'à sa conscience ; c'est Bellamy et lui seul qui l'avait occupé tout le temps. Tout ce qu'il savait, en fait, c'est qu'il se retrouvait dans la cabine de Bellamy.

Dans celle-ci, tout ce qui pouvait s'enlever l'avait été, elle était donc dénuée d'objets personnels ; l'étroite couchette, la lampe vacillante, les placards clos seuls n'avaient pas été touchés dans la cabine qui préservait l'intimité de Bellamy aux heures de la nuit. Lomax fit une embardée qui l'envoya violemment contre la couchette ; à ce moment-là, il réalisa qu'il n'avait jamais mis le pied dans les quartiers du propriétaire auparavant. C'était petit, bas, cela faisait tout à fait marin ; aucun luxe persan ne venait adoucir les éléments de bois brut. Lomax oublia le yacht délicat ; il se trouvait seulement en présence d'un marin à bord de son navire, car Bellamy dans son suroît et son ciré ruisselants, chaussé de bottes, les pieds bien plantés sur le sol, avait sous la lampe plus l'aspect d'un capitaine à l'instant descendu du pont que d'un millionnaire, propriétaire d'un bateau de plaisance. Il tenait bon sur ses pieds en dépit du mouvement violent, alors que Lomax, agrippé au bord de la couchette, arrivait à peine à éviter d'être projeté de nouveau à travers la cabine. Bellamy se tenait là, rempli de triomphe, pleinement vivant pour la première fois depuis que Lomax le connaissait. Sa nonchalance courtoise l'avait quitté. Il avait l'air d'un homme heureux. « Ce temps vous convient ! » hurla Lomax par-dessus le vacarme.

La Néréide, forcée, craquait ; à présent elle prenait son essor sur la vague, suivi d'une chute à donner la nausée pour retomber dans les remous. L'eau giclait contre le hublot puis refluait quand la nef se redressait pour reprendre la vague. Rejetée dans toutes les directions, tantôt elle s'enfonçait avec son étrave, tantôt roulait lourdement d'un creux dans l'autre, à la dérive, sans but, se débattant pour rester à flot. Se gouverner, elle ne le pouvait pas, mais se maintenir, garder prise sur la vie, elle le voulait. Lomax, en bas dans la cabine, qui ne voyait rien du mouvement des eaux, pouvait sentir le bateau secoué par une main furieuse, entendre le fracas d'une mer tumultueuse se renversant sur le pont. « Est-ce qu'elle va s'en sortir ? » hurla-t-il.

« Si elle n'est pas jetée sur la côte », cria Bellamy dans une parfaite indifférence. « Approchez-vous ! On ne peut pas se faire entendre dans ce bruit infernal ! »

Il ne lui venait pas à l'esprit de s'approcher de Lomax. Peut-être l'orgueil de se tenir debout en plein milieu de la cabine, sous une lampe à présent affolée cognant sa suspension, avec l'eau dégoulinant de son ciré pour rejoindre la mare formée sur le plancher. Lomax en titubant alla vers lui, il se cramponnait au rebord de la couchette. L'idée le traversa que c'était une étrange occasion pour choisir d'avoir une conversation, mais ses critères quant à l'étrangeté étaient devenus assez larges, il ne s'appesantit donc pas longuement là-dessus.

« Je veux parler avec vous », dit encore une fois Bellamy. Un choc, une masse d'eau énorme frappa *la Néréide* par le haut, et durant un moment toute la charpente se mit à vibrer – un moment d'équilibre, presque, moment où elle cessa de tanguer et rien hormis ce tressaillement qui la parcourait.

« Elle a bien tenu », dit Bellamy qui écoutait attentif. Alors, elle plongea, s'enfonça comme pour ne jamais ressortir, en chute comme si une trappe s'était ouverte dans les eaux pour la recevoir ; pourtant elle remontait, aussi vite soulevée qu'elle était tombée, donnant terriblement du gîte sur tout un flanc, elle se redressa et recommença à tanguer. Le second apparut dans l'encadrement de la porte.

« Le canot est parti, Monsieur. »

L'homme ruisselait d'eau. En ciré noir, suroît noir, il sortait de la nuit mouillée, il était l'obscurité devenue tangible. Bellamy se retourna vers Lomax. « Alors, nous sommes isolés. Cette barque n'aurait pas pu tenir une mer pareille. »

« À quoi pensez-vous, vraiment ? cria Lomax, sûrement pas au canot, ou à la mer, mais à quelque chose qui vous préoccupait toutes ces semaines. Et pourquoi vouloir me le dire ? Vous ne me connaissez pas ! » Il se rappela pourtant qu'il ne connaissait pas Miss Whitaker et qu'il l'avait épousée.

« Vous connaître ! Vous connaître ! répondit Bellamy avec impatience. Qu'est-ce que c'est *bien* connaître ? Je veux vous demander quelque chose. Je veux une promesse de vous. Je vous connais assez pour savoir que vous ne refuserez pas. »

« Pourquoi donc portez-vous ces lunettes ici ? » cria-t-il en le fixant.

Lomax réussit à s'asseoir sur le bord de la couchette et tout en se tenant à la barre cria en réponse : « Si je les ôtais, je refuserais toute promesse.

— Je vous aime beaucoup, Lomax, dit Bellamy, je voudrais que vous veniez si un jour je vous appelais – en Angleterre.

— Ainsi nous rentrons en Angleterre, c'est ça ? » dit Lomax qui se rappelait leurs spéculations sur Bellamy. Il s'était à tel point accoutumé à l'étroite limitation du yacht et des quatre êtres qui l'habitaient, qu'envisager sa désagrégation n'était pas seulement inconcevable mais positivement insupportable. « Nous avions l'impression que vous ne nous laisseriez pas rentrer. » En disant cela, il se demandait pourquoi les hommes prennent plaisir à se faire mal.

« Faisais-je si triste mine ? » dit Bellamy. Il enleva son suroît brillant d'humidité ; la lampe au-dessus de sa tête jetait des lueurs sur ses épais cheveux blancs et accusait les creux de fatigue sur son visage, ombres mouvantes, sautant sous les oscillations de la lampe. « J'ai été inconséquent, sans doute – exaspérant – je ne voulais pas faire de plans. Je vous dois des excuses. Je suis égoïste, vous savez, Lomax. Je ne pensais qu'à moi. Il y a certaines choses que je voulais me donner le luxe d'oublier. »

C'était intolérable de voir Bellamy jeter le blâme sur lui de cette façon.

« Vous nous faisiez enrager, murmura Lomax, tentant une honteuse justification.

— Oui, je vous faisais enrager, dit Bellamy. Je m'en excuse encore, je troublais votre bien-être. Mais me sachant un homme condamné, je me laissais aller à ces méchancetés. Ça me rendait triste, je l'avoue ; la vue de votre bien-être et de votre sécurité m'irritait au point d'avoir le désir de vous noyer tous. Ce n'est pas une façon de penser, c'est très sommaire, le départ de beaucoup de cynisme. J'accepte votre reproche.

— Oh ! Arrêtez ! » dit Lomax. Il serrait les poings.

« Malgré cela, continua Bellamy, je n'aurai pas de scrupule à vous demander de m'accorder ce que je vais vous dire. Je suis un lâche, Lomax, j'ai peur de la souffrance. J'ai peur de la maladie – d'une longue, lente, répugnante maladie –, vous me comprenez ? Cela fait bien longtemps que je cherche quelqu'un qui, le moment venu, veuille bien m'en délivrer.

— Vous pouvez compter sur moi », dit Lomax. En même temps il ne pouvait s'empêcher d'espérer que ce moment ne soit pas encore arrivé – ici, maintenant. Savoir temporiser et le choix d'une bonne paire de lunettes feraient de lui un monstre de décision.

Lomax monta sur le pont. Il désirait la tempête dehors, comme elle était à l'intérieur de lui-même, dans sa tête. La pluie avait cessé ; les grands mâts sillonnaient un ciel nuageux où une déchirure faisait voir la lune. La mer était très houleuse et belle sous la lumière. C'était bon de voir la tempête, enfin, voir autant que ressentir. Les étoiles parurent au-delà du moutonnement des nuages, et vagues, lui venaient à l'esprit des termes astronomiques : Nébuleuses, Espace interplanétaire, Astéroïdes, quatre-vingt mille miles à la seconde ; il supposait que pour certains hommes des trillions étaient une réalité maniable, tout comme certains hommes pouvaient diagnostiquer la maladie de Bellamy et lui rendre sentence de mort pour la somme de deux guinées. C'était une somme méprisable pour Bellamy. Et pour Artivale, que signifiaient deux guinées ? Une nouvelle cornue ? L'acquisition de produits chimiques ? Et pour lui, Lomax – une nouvelle paire de lunettes ? Agitée sur les flots de la mer d'Illyrie, il vit une irisation lunaire tout à coup posée sur les vagues, intensément colorée dans une nuit de noir et d'argent. La vie s'embrouillait dans sa tête. Il y avait Marion aussi, perdue pour lui à l'instant même où il était sorti du système dans lequel l'existence est simplement une chose à mener de façon aussi effacée que possible. Et appuyé contre la cabine sur le pont pour se soutenir, il était au bord des larmes comme jamais dans sa vie.

Il fallait, bien sûr, s'attendre à ce que la mort d'un homme aussi fortuné que Bellamy fasse sensation. Il y eut de grands titres dans les journaux et Arthur Lomax, qui avait dîné avec lui ce soir-là et avait été la dernière personne à le voir, passa des jours difficiles à échapper aux reporters. Du véronal, sans conteste, sans aucun doute. Le verre contenant des traces de poison et de whisky-soda avait été trouvé presque placé en évidence sur la table à côté de lui. La déposition de Lomax, lors de l'enquête, ne jeta aucune lumière sur le suicide. Non, Mr. Bellamy n'avait pas paru déprimé ; oui, Mr. Bellamy s'était préparé un whisky-soda et l'avait absorbé en sa présence. Il n'avait pas vu Mr. Bellamy ajouter quoi que ce soit au contenu du verre. Il était incapable de dire si Mr. Bellamy avait pris un second whisky-soda après que lui, Lomax, eut quitté la maison. À quelle heure était-il parti ? Tard, à peu près une heure du matin. Ils avaient passé la soirée à discuter. Non, il ne connaissait pas Mr. Bellamy de longue date ; mais ils s'étaient trouvés ensemble à l'occasion d'une croisière qui avait duré plusieurs semaines. Il ne pouvait pas dire qu'ils soient devenus intimes. Il ne savait rien de la vie privée de Mr. Bellamy. Il avait été très choqué à l'annonce de sa mort le matin suivant dans les journaux. « Merci, monsieur Lomax, cela suffira. »

Bellamy fut enterré et Lomax, Artivale et Miss Whitaker assistèrent aux funérailles, ensemble, formant de nouveau le petit groupe de quatre – si vous comptez Bellamy, invisible, mais terriblement présent dans son cercueil. Être enterré sous la pluie est lugubre, mais être enterré par un beau matin ensoleillé est plus ironique. Heureusement pour Lomax, il pouvait obscurcir le grand soleil de ses lunettes noires, et Dieu sait qu'il en avait besoin. Était-il indifférent ou bien oublieux de l'apparence remarquable qu'il offrait en haut-de-forme, jaquette et lunettes noires ? « Yeux fragiles », notèrent les journalistes. En fait, il ne se souciait en rien des choses extérieures, maintenant, surtout au souvenir de sa dernière rencontre avec Bellamy, si présent en lui. Revoir Miss Whitaker le secoua un peu ; juste assez pour la regarder avec une curiosité songeuse. Il avait dernièrement oublié son existence, excepté la conscience confuse et constante de quelque chose faisant obstacle, un blocage entre lui et Marion Vane, un quelque chose qui ne portait ni nom, ni traits et dont il reconnut la matérialisation, brièvement surpris par son importance, dans la personne de Miss Whitaker. Importante ou sans importance. Dans le monde feutré où il trouvait refuge, rien n'importait ; des événements survenaient dont il ne gardait rien. Marion Vane, elle-même, n'était qu'une silhouette venant vers lui, les mains tendues ; une figure si longuement désirée qui avait précisément ce geste même qui semblait impossible ; ce geste fait, enfin, si soudainement refusé. Toute sa relation avec Marion Vane apparaissait à présent condensée dans ce moment de rejet. « Je suis la résurrection et la vie », disait le Seigneur ; les mottes de terre cognaient d'un bruit sourd, avec une résonance convaincante dans la tombe de

Bellamy. Miss Whitaker se tenait près de lui, en noir, très fragile ; oui, elle aussi elle avait son pathos. Qu'elle l'ait ou non pris dans son mensonge. Eh bien ! Le mensonge et sa nécessité étaient d'un pathétique plus touchant qu'aucune vérité qu'elle aurait choisi d'exploiter. Il est moins pathétique d'avoir un séducteur en Équateur, que de n'avoir été séduite nulle part. Au moins, pensait Lomax, elle aurait pu se conformer à ses inventions. Sachant qu'elle allait le rencontrer aux funérailles, elle aurait dû, quand même, mettre un coussin sous sa robe. Un homme trivial, ce Lomax. Peut-être avait-elle trouvé cela irrévérencieux pour un enterrement. On ne pouvait dire quelles superstitions tenaient les gens ; la moitié du temps, ils ne le savaient même pas eux-mêmes jusqu'à ce qu'un fait le révèle. Sans doute avait-elle reculé devant cette éventualité. Lui laisser le bénéfice du doute. Oh ! sûrement mieux, la créditer d'un scrupule que d'un manque d'imagination ! « Je suis devenu les prémices de ceux qui dorment » – mais qu'est-ce que tout cela voulait dire à la fin ?! Bellamy et la tempête ; pourquoi lui avait-elle donné du courage ? lui avait, pour ainsi dire, fait monter à la tête son courage, jusque-là uniquement potentiel ? Où était la relation ? De quel appui était le monde extérieur au-dedans de soi ? Pourquoi contempler la vie à travers des lunettes colorées devait rendre sa ruine plus facile ? Pourquoi la réalité s'éloignerait-elle ? Qu'est-ce que *c'était* la réalité ? Marion, les mains tendues, si sûre de lui. Mieux d'avoir aidé Bellamy ; bien mieux d'avoir aidé Miss Whitaker. Même si son besoin d'aide était peut-être factice ? Oui, même ainsi. La perte serait pour elle, non pour lui. Sa duplicité ne pouvait altérer son donquichottisme qui était une chose indomptable, irrationnelle, séparée, intouchable, indépendante. Cela jetait des flammes plus loin que sa vie. Malgré tout ce qu'avait d'irréel Miss Whitaker, la véritable Miss Whitaker, celle qui remplissait les feuilles de recensement, payait des impôts et des taxes, et avait une existence aux yeux de la loi – cela rayonnait comme très peu d'autres choses : ses deux rencontres avec Bellamy, son rejet de Marion Vane. Juste quelques entailles dans la vie, bien profondes ; c'est tout ce qu'on pouvait espérer. Valait-il la peine de vivre quatre-vingts ans pour accumuler une demi-douzaine de cicatrices ? Une demi-douzaine d'images indéracinables pour égayer la monotonie de soixante-dix à quatre-vingts pages. Il l'avait su, quand il avait épousé Miss Whitaker, qu'il rejetait Marion Vane. Son rejet, lorsqu'elle vint vers lui, ne fut que la projection de la demi-heure passée au bureau d'état civil du Caire. Mais c'est cela qui lui revenait, et le regard blessé, incrédule de Marion ; comme c'est du cri de Bellamy qu'il se souvenait. Toujours ce qui était tangible – ainsi en allait-il de la faiblesse humaine, de toute chair. Maintenant Bellamy devait pourrir, être rongé. « Venu de la terre tu retourneras à la terre, poussière tu seras poussière. » Son corps défait, se décomposant dans un cercueil dénué de sens ; et par cela Lomax serait hanté plus que par la tragédie personnelle ; de nouveau ce qui est tangible, des vers grouillants dans et au-dehors du cerveau que son maître avait préféré apaiser d'une éternelle inconnaissance. Combien de temps fallait-il à la chair ensevelie pour devenir squelette ? Aussi longtemps Lomax serait hanté par le cadavre pourrissant, et pas moins qu'il ne l'aurait été par un homme traînant une vie de mort-vivant. Illogique tout cela ; reposant non sur le vrai ou la raison, mais sur l'instinct toujours écarté comme fallacieux. Lomax ouvrit les yeux, qu'il avait fermés, vit le monde assombri, sachant pourtant que le soleil brillait encore, et ne regretta rien.

Jamais avant il n'avait vu la maison de Miss Whitaker. Elle était petite, extrêmement conventionnelle. Il était assis pour boire le thé, en se répétant encore et encore qu'elle était sa femme. Il y avait des lettres sur le secrétaire et il se surprit à y chercher des yeux un timbre étranger ; mais rien d'autre que des factures. Il soupçonnait sa correspondance de ne rien contenir de plus intime. Elle était bien ici, une femme secrètement mariée. Cela était vrai en tout cas, si tout le reste se trouvait faux. Il se demanda si elle y faisait allusion avec son entourage, et si on se refusait à la croire.

« Pourquoi riez-vous ? » dit-elle.

Ils reprirent la conversation, fébrilement impersonnelle, pensant tous deux qu'elle allait finir par se fracasser dans le reliquaire de l'intimité. Comme si leur vie en dépendait, ils jouaient avec la superficialité. Lomax ne vouait qu'une demi-attention à cette conversation de nature suffisamment plate et futile pour ne pas mériter davantage. L'attention qui lui restait s'aventurait dans la pièce, sollicitée par la soudaine vie des objets de Miss Whitaker : ses initiales sur un coupe-papier, E.A.W. ; la photographie d'une femme, inconnue de lui, sur la cheminée ; un petit bouddha de pierre ; un cachet sur le plumier. Lomax les voyait à travers son voile noir. C'était donc son présent, cette pièce réduite, conventionnelle. Ici, elle ouvrait son journal, fumait la première cigarette du matin ; c'est ici qu'elle revenait le soir, enlevait son chapeau, qu'elle s'asseyait près d'un livre, tisonnait le feu. Son passé s'étirait loin derrière ; pour lui, un vide. Aucun doute, elle avait dû faire des multiplications, porter des nattes, pleurer et avoir une mère. Jusque-là des conjectures sans grand risque. Mais ses interludes émotionnels ? Gardés secrets ? ou n'y en avait-il jamais eu ? Que représentait pour elle la demi-heure passée au bureau d'état civil au Caire ? Cela s'imposait-il à elle comme Bellamy et Marion Vane s'imposaient à lui ? On ne pouvait suivre les inflexions de la pensée de quelqu'un d'autre, jamais appréhender avec justesse ce qui la peuplait. Et à aucun prix il n'était désireux de sonder l'éventuel abîme, le pathétique whitakerien. Il ne voulait pas que ses amis à elle, ces hommes forts, si virils, s'évaporent sous l'acuité de son regard inquisiteur. Il ne voulait pas être confronté à la réelle désolation de la petite pièce.

Les rumeurs sur la mort de Bellamy devinrent le bien public après quelques semaines. Apparemment, elles trouvaient leur origine dans le testament de Bellamy par lequel sa fortune allait à Lomax, faisant du pauvre qu'il était un homme riche, à son étonnement plutôt embarrassé. Il se demandait vaguement si la rumeur n'avait pas été lancée par Miss Whitaker, mais il en vint à la conclusion qu'un fait ou ce qu'elle croyait tel avait moins d'attrait pour elle que la pure fiction. Ergo, se disait-il, son séducteur en Équateur l'intéresse plus que son mari secret à Londres. Et il raisonnait bien.

Le corps de Bellamy fut exhumé. Personne ne comprenait pourquoi, puisque l'ingestion de véronal n'avait jamais été mise en cause. L'exhumation eut lieu secrètement, de nuit, à la lumière des lanternes ; il fut porté dans un cottage inhabité près du cimetière. Les journaux, le jour suivant, donnaient ces détails. Lomax les lut avec une horreur empreinte de nausée. Bellamy qui avait abjuré la vie pour que ce corps tourmenté soit en paix ! Et voilà que maintenant, entouré de commissaires, d'officiers de justice, par une nuit de pluie, éclairé à la lueur d'une lampe tempête était ce qui restait de sa chair – amené subrepticement dans un cottage abandonné, remué sous le scalpel de l'anatomiste. En vérité, la tombe n'était ni belle, ni privée.

Puis les comptes rendus dans les journaux cessèrent ; Bellamy, de nouveau, était enterré ; et le monde allait comme à l'habitude.

Une amitié se mit à flamber – des plus bizarres, certes, à Londres – entre Lomax et Miss Whitaker. Ils se rencontraient assez souvent ; dînaient ensemble, allaient dans les théâtres. Un après-midi, ils louèrent un taxi et firent le tour de Londres : ils allèrent au musée Sir John Soane, à celui de Mme Tussaud et au zoo. Côte à côte, ils regardaient le modelage fait par Mme Tussaud elle-même de la tête coupée de Marie-Antoinette, fraîche du panier de son ; ils entendaient les sorties que faisait quelqu'un à côté d'eux lisant le catalogue : « Marie-Antoinette, guillotinée en 1793 ; Louis XVI – tiens ! il fut guillotiné aussi ! » Ils mirent le nez à la Maison des Petits Chats, apprécièrent le coati qui peut tourner son long museau en haut, en bas, à gauche ou à droite, sans bouger la tête. Ils contemplèrent longuement le Grand Oiseau de Paradis qui sautait sans cesse, et l'aegothèle qui, dans toute la création, a au suprême degré la qualité de rester immobile et de s'identifier à sa branche. Lomax trouvait en ces occasions-là Miss Whitaker presque acceptable. Quand elle lui disait que bien des fois elle avait observé l'Oiseau de Paradis et l'aegothèle dans leur lieu d'origine, il ne l'en aimait pas moins pour autant ; cela ajoutait du piquant à sa petite personnalité assez grise par ailleurs, convaincu qu'il était qu'elle n'avait jamais bougé d'Angleterre hormis sur le yacht de Bellamy. Et il n'y avait eu, assurément, ni magnifique Oiseau de Paradis ni d'aegothèle en Illyrie.

Comme ils étaient romantiques, les voyages de Miss Whitaker, et pittoresques ses compagnons !

On ne doit pas en déduire, pour autant, qu'elle parlait sans cesse d'elle, car c'est tout le contraire qui était vrai ; elle lâchait des allusions fort rares, qui n'en étaient pas moins des plus alarmantes.

Sa compagnie était habituellement, sinon de suite, disponible. Un grand avantage pour

Lomax, qui découvrit bientôt qu'il pouvait compter sur elle presque au premier signe. Quelquefois évidemment, au téléphone un léger obstacle lui était opposé : « Déjeuner aujourd'hui ? Oh, mon Dieu ! je suis vraiment désolée de ne pas pouvoir ; j'ai promis à Roger de prendre le déjeuner avec lui », ou bien : « J'ai promis à Carmen d'aller à Kew ! » Lomax ne manquait pas d'exprimer son regret. Et Miss Whitaker : « Mais, attendez un moment, si vous voulez bien raccrocher, je vais essayer de le (ou la) joindre et voir si je peux reporter. » Et vingt minutes plus tard le téléphone sonnait chez Lomax et Miss Whitaker lui contait combien Roger (ou Carmen) était dépité, la déclarait insupportable et qu'il (ou elle) ne voulait plus rien avoir affaire avec elle.

Miss Whitaker, on peut le dire, participait de la fantaisie dans l'existence de Lomax. Il prenait grand intérêt à la personne de Roger et celle de Carmen et ne se lassait pas d'apprendre leurs faits et gestes. Parfois il arrivait chez Miss Whitaker pour trouver une tasse de thé qui venait de servir, sur le plateau, pointée vers lui comme l'évidence d'un départ récent. Il sympathisait, même s'il était froissé par la jalousie de Roger. Dans l'ensemble, il préférait Carmen, car il aimait les femmes aux belles mains et celles de Carmen étaient menues, vives et potelées ; en fait, il était bien près de tomber amoureux de Carmen. Il les percevait bien sûr, comme il voyait maintenant Miss Whitaker et toutes choses : à travers le voile miraculeux de ses lunettes. Son tranchant était émoussé, la critique en suspens, seule restait la compassion, et une immense indifférence. Tout sens de la réalité l'avait finalement quitté le jour où il avait rejeté Marion Vane ; il souffrait à peine maintenant, et même le cauchemar qui commençait à l'envahir n'avait aucune résonance personnelle, il était au-delà de tout. Il entendit les rumeurs sur la mort de Bellamy comme si elles concernaient un autre homme. Il était presque sûr de ne regretter rien de ce qu'il avait fait.

Ses yeux restaient fixés sur la carte qu'il tenait dans sa main : Mr. Robert WHITAKER.

Alors, Robert existait bien. Robert qui avait écumé la Russie pour venger une femme. Miss Whitaker le décevait. Puisque Robert existait, quel besoin avait-elle eu de le mentionner ? Un frère inventé avait de quoi exciter l'imagination ; un frère réel devenait quelque chose de banal. Il donna, en soupirant, l'ordre de faire entrer Robert. En l'attendant, il réfléchissait sur ce fait que la mortification de découvrir ce qu'on croyait vrai, faux, n'est rien comparée à celle de découvrir que ce qu'on croyait faux est vrai. Tout art, se disait Lomax, est mensonge ; mais ce mentir-là contient plus de vrai que le vrai. Déjà, Robert était là.

Il était grand et furieux. Lamentable à quel point il ressemblait à la description de sa sœur. Lomax se mit à croire, en bloc, à ses puits de pétrole en Perse, à son sens exagéré de l'honneur. Et quand il entendit Robert conter son histoire, il ne pouvait plus bercer aucune illusion quant à la véracité des dires de Miss Whitaker. Robert était bien là, en chair et en os, et sans aucun doute parti pour se venger.

Lomax était assis, souriant, il examinait avec attention le bout de ses doigts en acquiesçant à tout. Oui, il avait secrètement épousé la sœur de Robert au Caire. Oui, bien possible, comme Robert se plaisait à le croire, qu'il soit bigame. Séducteur de jeunes femmes. À ce mot, Lomax partit d'un grand éclat de rire. Robert n'en apprécia pas l'accent moqueur, ironique. Non, pas du tout.

Au moins, Mr. Lomax réalisait-il qu'il lui faudrait compter avec la famille de Miss Whitaker ? Lui, Robert, il avait appris dernièrement bien des choses sur Mr. Lomax. De quoi mettre la famille de Miss Whitaker dans l'embarras le plus grand. Il ne prétendait pas savoir quel avait été le petit jeu de Lomax, mais il était venu aujourd'hui l'avertir que mieux vaut mentir peu et ne pas se targuer de tromper les gens. Cela amusait grandement Lomax d'être regardé comme un aventurier. Il adopta une manière affable à l'égard de Robert qui ne fit naturellement que renforcer la conviction de celui-ci. Et sa dernière remarque persuada Robert que Lomax était non seulement dangereux, mais excentrique.

« À propos, dit-il, arrêtant Robert sur le seuil, cela ne vous dérangerait pas de me dire si vous avez bien été en Russie ? Et avez-vous rattrapé votre homme ? »

Et Robert, de le fixer avec colère : « Oui, aux deux questions !

— Ah, dommage, dommage ! » dit Lomax, avec une nuance de regret, en hochant la tête. Encore une illusion en allée.

Il était tenté, presque, de se demander s'il ne devait pas croire de nouveau, comme originairement, au séducteur en Équateur.

Quand il revit Miss Whitaker il ne fit pas allusion à la visite de Robert ; elle non plus, bien qu'elle en ait sûrement été informée. Elle venait de recevoir une lettre anonyme la menaçant d'enlèvement, et elle en était tout occupée ; elle la montra à Lomax qui la considéra avec la gravité nécessaire. Les aventures de Miss Whitaker lui étaient très précieuses au point où il en était arrivé dans sa vie, dans son état d'esprit. Il s'accrochait à elles, car il savait son propre danger devenu imminent. Il avait entendu la phrase « vivre sur un volcan », mais jusqu'à maintenant elle avait eu aussi peu de sens qu'elle n'en a d'ordinaire pour chacun de nous. À présent il reconnaissait assez bien ce qu'on entend par : s'attendre à être, à n'importe quel moment, expédié loin dans les airs.

Habité par ces pensées, Lomax décida qu'il lui fallait voir Artivale avant qu'il soit trop tard. Avant qu'il soit trop tard. Avant d'être privé de sa liberté d'action. Ce serait le premier stade, cette privation ; bientôt suivie d'un deuxième – être privé de parole, de geste, de pensée – privé de la vie même. Avant de se trouver réduit, d'abord à n'être qu'un prisonnier, puis à un corps inerte relevé de sous la potence par des mains d'hommes.

Il devait voir Artivale.

Artivale vivait à Paris. Lomax s'embarqua pour Paris presque surpris de ne pas voir son passeport refusé et lui arrêté en montant dans le train ou s'engageant sur la passerelle du bateau. Maintes fois revint sa surprise, qu'il commandât une tasse de thé dans le Pullman ou qu'il prît place dans le coin du compartiment français pour jeter les yeux sur *La Vie parisienne* comme un homme ordinaire. Il allait à Paris. Il avait acheté un ticket que l'employé au guichet lui avait donné sans faire de remarque. Cela signifiait – la liberté – être un homme libre. Le privilège de la liberté. Il regardait ses compagnons de voyage et se demandait s'ils savaient à quel point ils l'étaient – libres. Si libres d'aller et venir, et si vite leur liberté pouvait leur être arrachée. Qu'auraient-ils dit, sachant qu'un homme condamné voyageait avec eux ? C'est le temps qui était important ; qu'il n'en manque pas pour ce qu'il avait à faire avant que la main ne retombe sur lui. Il riait en lui-même en pensant : « Mais ils sont tous condamnés, seulement ils l'oublient. » Et à les regarder à travers ses lunettes – les noires – allant comme avec une éternité devant eux dans un monde terne, irréel, asservi, ils lui paraissaient, avec leur préoccupation et leur oubli, extrêmement pitoyables.

Sous les grandes travées de la gare du Nord, ils commencèrent à se bousculer, formes menues soudain galvanisées pour les cris et la hâte. Ce n'était pas la remémoration de leur condamnation dernière qui les rendait frénétiques ; mais l'urgence revenue de leurs affaires succédant à la passivité du voyage. Après tout, le train va comme il peut et le voyageur le plus fébrile n'a rien de mieux à faire que se laisser emporter. À l'arrivée, c'est différent. Houspillés, les porteurs s'activent, les autres voyageurs sont repoussés sur les côtés, puis on peut prendre d'assaut le premier taxi dans la file au lieu du dernier. Toutes ces choses ont tellement d'importance. Perversement, dès qu'il fut descendu du train, Lomax commença à traîner. La gare, grande caverne emplie d'ombres, dévorant les rails miroitants, arrête les trains monstrueux comme devant un mur définitif ; ces petites formes si vainement hâtives, ces masses humaines déchargées de trains d'origine inconnue pour des destinations ignorées, tout cela lui apparaissait comme l'œuvre d'un graveur fou, échafaudant des masses d'ombre et de lumière. Ici une colonne s'incurvant dans un bas-relief, là une issue caverneuse, béance pour engloutir, là-bas nervures et arches métalliques prennent leur essor vers une nuit céleste, des perspectives de fer s'amenuisent vers la promesse du jour ; partout, le flux des petites créatures sous une architecture de cauchemar ; des corps microscopiques d'hommes au visage indistinct, voltigeant comme pour la vie sur les passages entre les tournoiements de la fumée dans un temple fantasque de fracas, de ténèbres, de machines. Lomax portait, il faut se le rappeler, les lunettes noires. Sombre pour d'autres yeux, tout cela était pour lui noirceur d'enfer. Il savait quelle humeur provoquaient en lui les lunettes noires, néanmoins il était parti délibérément sans autre paire dans la poche. Une peur le tenaillait : que lors de son emprisonnement ses lunettes lui soient retirées – il avait le vague souvenir, survivance d'une vie où la possibilité d'un emprisonnement ne jouait aucun rôle, que les criminels condamnés devaient être privés de tout instrument de suicide. Et les lunettes noires, entre toutes, servaient le mieux son humour naturel. Ainsi s'était-il fait plaisir, en cette occasion, en n'emportant aucune paire de rechange. Puisqu'il avait tout perdu, il s'abandonnait au luxe de saisir la vie dans une extravagance d'obscurité.

Un dragon le poursuivait en agitant une sonnette ; machinalement il s'écarta sur le côté, et le chariot électrique transportant les bagages le dépassa en se déroulant jusque vers les douanes, au bout de la gare. Artivale vivait au Quartier latin ; il fallait absolument y arriver avant que la main ne s'abatte sur son épaule. Les taxis à Paris étaient fous, sûrement, et leur véhicule au bord de la désintégration ; lancés à la poursuite de trams énormes, chargés par des camions démoniaques qui cornaient sans cesse et après lesquels on cornait, et Lomax, dans une ferraille montée sur roues bringuebalé à travers un Paris assombri, sous la menace d'un imminent cataclysme. Un ciel de plomb posé sur des rues fantomatiques. Tous condamnés, pensait-il ; il passait en grand vacarme dans la procession d'une vie, si gaiement inconsciente de la nuit où elle se mouvait.

Il arriva à la maison d'Artivale.

C'est Artivale lui-même qui ouvrit la porte.

« Grand Dieu ! dit-il à la vue de Lomax, que... Mais entrez ! Vous êtes malade ! ajouta-t-il après avoir fait entrer Lomax.

— Non », dit Lomax, oublieux de l'apparence effrayante qu'il donnait – un visage défait derrière des lunettes absurdes. « Je devais seulement vous voir – assez rapidement.

— Assez rapidement ? » dit Artivale habitué à penser à Lomax comme à un homme sans engagements, occupations ou urgences.

« Vous savez, dit Lomax, j'ai assassiné Bellamy et je peux être arrêté à tout moment.

— Bien sûr, cela explique votre précipitation, dit Artivale, mais voulez-vous venir dans la cuisine, je veux garder un œil sur quelques larves ? Nous pourrons parler en bas. Mes employés ne parlent pas l'anglais. »

Lomax le suivit dans l'escalier qui menait au sous-sol, dans une cuisine voûtée où d'énormes papillons bleus tournaient en cercles dans l'air. Une forte négresse alimentait le feu. La pièce, sombre, était excessivement chaude. « Nous sommes sous les Tropiques ! » dit Lomax et il regarda les papillons.

Artivale s'excusa pour l'atmosphère : « Je dois la maintenir élevée pour la conservation des larves, expliqua-t-il, il faut faire venir des femmes d'Afrique, parce que aucune Française ne supporte cette chaleur. Voilà les larves. » Et il montra à Lomax des sortes de salissures incolores reposant sur les tables et le buffet. « Maintenant, racontez-moi au sujet de Bellamy. »

La femme noire tournait vers eux un visage rayonnant au sourire plein de bienveillance. Une petite fille noire survint d'une pièce de derrière en portant une pile d'assiettes. Un insecte d'un éclat extraordinaire pendant un moment agita ses ailes sur la pendule, puis se dégagea en dérivant jusque dans les ombres du plafond ; il avait frôlé Lomax de ses ailes au passage.

« Le meurtre, ce n'était rien, dit Lomax, il m'avait demandé de le faire. Il était malade, vous savez – mortellement –, et il avait peur de la souffrance. Tout cela est simple. Il m'a laissé sa fortune, également.

— Oui, dit Artivale, j'ai lu son testament dans le journal.

— Je vais vous la léguer, dit Lomax.

— À moi ! Allons, mon vieux, vous n'allez pas mourir !

— Mais si, dit Lomax, je vais être pendu, évidemment. D'ailleurs, nous sommes tous condamnés, vous savez.

— En dernière instance, oui, répliqua Artivale, mais pas tout de suite.

— Voilà pourquoi les gens oublient », dit Lomax. Il le regardait avec intensité.

Artivale commença à se demander si Lomax n'avait pas d'hallucinations.

« Pouvez-vous enlever ces lunettes ? demanda-t-il.

— Non, répondit Lomax, je deviendrais fou si je le faisais. Vous n'imaginez pas comme vos papillons sont beaux à travers elles - le bleu derrière un voile noir. Mais pour revenir à la fortune, je devrais peut-être la laisser à Miss Whitaker, mais elle a, je pense, suffisamment de son côté.

— Pourquoi Miss Whitaker ? demanda Artivale.

— Je l'ai épousée au Caire, répondit Lomax. J'ai oublié de vous le dire. C'est si difficile de se rappeler tout cela.

— Est-ce que vous voulez dire que vous et Miss Whitaker, vous étiez mariés durant tout ce temps sur le yacht ?

— Exactement. Elle allait avoir un enfant, vous savez, d'un autre homme.

— Je vois, dit Artivale.

— Mais bien sûr, tout ce que je vous dis là reste entre nous.

— Bien entendu, dit Artivale, Miss Whitaker allait avoir un enfant, alors vous l'avez épousée ; Bellamy avait une maladie incurable, alors vous l'avez tué. Privé et confidentiel. Je comprends, en effet !

— J'espère que vous n'aurez pas de scrupules à accepter cette fortune, dit anxieusement Lomax. Je vous la laisse, vraiment comme je l'aurais donnée à un institut scientifique – car je crois que vous l'utiliserez pour le bien de l'humanité. Mais si cela présente pour vous une difficulté, je changerai mon testament en faveur de la Royal Society.

— Dites-moi, Lomax, est-ce que vous ne vous souciez pas comme d'une guigne de l'humanité ?

— Il n'y a rien d'autre qui vaille la peine, dit Lomax.

— Évidemment, j'accepte votre offre – mais ce n'est pas pour moi.

— Alors tout est bien, dit Lomax et il se leva pour partir.

— Restez un moment, dit Artivale. Naturellement vous avez fait signer à Bellamy un papier précisant que vous alliez le tuer sur sa propre demande ?

— Non, dit Lomax, l'idée m'en a effleuré, mais j'ai trouvé cela, en quelque sorte – indélicat – égoïste, vous savez dans un moment pareil mentionner ce genre de chose… et comme il ne le proposait pas, j'ai préféré ne pas l'ennuyer. Après tout, il m'a fait là un compliment – un très grand compliment.

— Oh, sans aucun doute ! dit Artivale, mais je pense, si vous voulez bien me pardonner de vous parler ainsi, que votre délicatesse l'emporte trop sur la prudence. J'en veux pour preuve…

— Mais vous avez ma parole, et cela n'est-ce pas une preuve ? » répondit en souriant Lomax.

À ce moment, le bruit de la sonnette retentit au-dessus, dans toute la maison.

« Ce doit être pour moi, dit Lomax, j'ai eu la chance de pouvoir dire ce que je voulais.

— Oh ! *vous* en avez de la chance, n'est-ce pas ? ! » Artivale s'était mis à crier avec violence. « Une vie de chien, oui ! Quelle chance extraordinaire ! Lomax, regardez-moi ! Vous devez sortir de cette maison ! La porte derrière… »

La sonnerie retentit de nouveau.

« C'est seulement une question de – un peu plus tôt ou un peu plus tard, dit Lomax calmement, pour tous, vous savez, pas uniquement pour moi. S'ils me laissent garder mes lunettes, cela m'est égal. Avec elles, je ne vois pas les choses comme elles sont. Ou peut-être, je les vois vraiment. Que ce soit l'un ou l'autre, cela ne fait pas grande différence. Si vous ne montez pas ouvrir cette porte, j'irai moi-même. »

Ils emmenèrent Lomax dans une voiture. On ne lui permit pas de garder ses lunettes. Artivale, redescendu dans la cuisine, regarda un papillon-paon, de la dimension d'un oiseau-mouche, s'extraire du cocon et étendre en frémissant ses ailes pour le vol.

C'est seulement durant le cours du procès que Lomax découvrit quelle arme pitoyable est la vérité. Un tribunal est le lieu de multiples contradictions. Des murs de bois peint, des rangées de bancs lui donnent l'allure d'une fête d'école. Des perruques blanches, la couleur écarlate et la phraséologie concourent à l'érection du monument de la civilisation tout entière. Quant à la déréliction de la victime, elle ne fait aucun doute. Son désarroi en est un élément certain. Lomax, du temps où il pouvait aborder les faits avec fantaisie, avait été un homme content ; à présent qu'il s'efforçait de faire correspondre avec les faits le monde bizarre où de façon si soudaine, si violente, il s'enlisait, il était un homme dérouté, en train de se débattre pour reprendre pied. Il avait perdu ses lunettes. En même temps, lui faisait défaut ce qu'on peut appeler sa manière pré-lunettes ou post-lunettes – son attitude devant la vie. Il avait perdu Miss Whitaker ou l'avait changée, en tout cas, contre une Miss Whitaker nouvelle et impressionnante, qui à son étonnement – c'était catastrophique – disait une partie de la vérité. Si la terre avait basculé dans le ciel et le ciel sur la terre, il n'en serait pas résulté un plus grand chaos dans son esprit.

Le public me voit dans le box, pas dans ma cellule. Voyons donc ces murs… ils sont blancs, ils ne sont pas ternis, d'une couleur innommable comme ils ont pu l'être auparavant. Un blanc sans compromis. Que c'est laid ! Comme c'est nu ! Mais je dois me le rappeler – ceci est une cellule de prison. Je n'ai plus aucun moyen d'en faire quelque chose d'autre. Je suis l'accusé dans un procès où ma vie est en jeu. C'est un fait. La géométrie est un fait – c'est ce qu'ils disent – mais quelqu'un n'a-t-il pas suggéré que, dans un autre système planétaire, les lois de la géométrie pourraient être inversées ? Elle est géométrique, cette cellule ; sol carré, carré le plafond, carrés les murs, fenêtre carrée entrecroisée de barreaux. Géométriques sont les ombres, euclidiens les angles. Lumière blanche. Lumière blanche inerte. Ai-je ou n'ai-je pas fait ceci ou cela, ou bien autre chose ? J'ai fait…, mais… Pas de mais. Les faits sont les faits. Oui ou bien non. À problèmes géométriques, réponses géométriques. Si A est égal à B, alors C… Ou je suis fou, ou ce sont eux qui sont fous, ou bien le roi d'Angleterre n'est plus ce qu'il était.

Dans le box, de nouveau. Énoncés surprenants, vrais en substance, dans ce qu'ils signifient faux à en devenir insensé. Il ne doit ni interrompre ni tenter de justifier.

Tous ces événements, qui dansent autour de lui en pointant leurs doigts crochus, se défigurent en caricatures horribles, tous ces événements s'enchaînent si naturellement, inévitablement. Il le sait, comme une leçon bien apprise, même si pour lui l'enchantement n'est plus. S'il pouvait parler, alors, que dire de cette expérience ? S'il pouvait parler ! Mais lorsqu'il parle, il se maudit lui-même. Son avocat parle pour lui, il est à son affaire ; autant que l'idée de l'honneur qu'a son client lui permet de l'être. Lomax sait à chaque instant que sa vie n'est pas de grande conséquence pour son avocat, excepté dans la mesure où le succès peut contribuer à son renom. Il est convaincu que, une fois le procès fini, quelle qu'en soit l'issue, son avocat rencontrera le procureur dans le couloir, s'arrêtera pour plaisanter avec lui : « Nous avons eu le meilleur de vous, cette fois ! » ou « Eh, bien ! vous étiez trop fort pour moi ! »

En tout cas, son avocat avait été éloquent, même dans un style académique. Lomax n'avait pas de quoi se plaindre. La parole est d'abord à la défense. Une défense simple : meurtre à la demande de la victime, un homme atteint de maladie mortelle. Un acte d'amitié, excessif, pouvait-on dire ; mais sera-t-il appelé moins noble pour autant ? Lomax voit tout cela froidement ; il juge sans passion comme si l'histoire n'était pas la sienne. Cet homme se tient là ; le jury l'écoutera dire comment, en dehors de toute compassion pour un homme qu'il connaissait à peine, il s'est exposé lui-même au plus grand risque ; même les précautions de simple bon sens, il les a négligées dans l'urgence et la délicatesse des circonstances. Un autre homme aurait refusé cet office amical ; ou, l'acceptant, aurait assuré sa sécurité personnelle par une déclaration écrite ou, en troisième lieu, aurait quitté en hâte la maison avant que la mort ne survienne. Mais pas l'accusé. Il était resté encore deux heures auprès du corps de son ami, dans la pièce, pour s'occuper des papiers personnels selon les instructions qu'il avait reçues auparavant. (À ce moment-là, on vit l'accusé montrer des signes d'émotion.) Encore une fois, l'accusé aurait pu plaider non coupable, mais il lui en coûtait de revenir sur ses inexactitudes durant l'enquête ; il avait refusé. Il était déterminé à dire l'entière vérité et à s'en remettre à la clémence du jury.

Lomax réalisait pleinement quelle tâche impossible son obstination faisait assumer à son avocat malchanceux.

Il comprenait également que, malgré tout, les difficultés augmentaient l'intérêt du jeu, vu du côté de son avocat. Quel triomphe ce serait pour lui, à supposer… ! Et après tout qu'était-ce d'autre qu'un jeu ?

« Un type désespérant », dit l'avocat ce soir-là à sa femme, son verre de fine à la main. « Jamais je n'ai eu affaire à un cas pareil – jamais. Évidemment si je n'arrive pas à l'en sortir, je suis refait. » Puis il s'absorba dans ses pensées. Sa femme, qui était amoureuse de lui, et l'aimait et le comprenait, se garda bien de l'interrompre.

Étrange, la couleur des visages dans la foule ! Un visage, pris séparément, en détail était rose, poreux, distinct par la bouche et les sourcils ; pris ensemble tous les visages étaient de couleur cire, portant une seule expression de curiosité imbécile. Des yeux en l'air, une curiosité vide. Lomax pouvait à loisir jeter les yeux sur cette masse. D'ici ou là il extrayait un visage connu – Artivale, Robert Whitaker, le capitaine de *la Néréide*, et se demandait vaguement quels fils les avaient menés ensemble à cet endroit. C'est par un effort de concentration qu'il pouvait relier cela à lui-même. La voix poursuivait, disant la vérité en son nom. Le jury se penchait en avant pour le regarder. Le juge, face allongée et des bajoues comme un bouledogue, haut placé sous son dais, gribouillait sur son buvard. Dehors, dans les rues, les placards des journaux à sensation fleurissaient à côté des crieurs de la dernière édition de l'après-midi. Le coati au zoo exerçait son museau au mouvement ; au musée de Mme Tussaud les assassins de cire se dressaient, recouverts encore d'un peu plus de poussière, à l'ancien dock de Old Bailey ; *la Néréide*, dépouillée de ses ailes, gisait, enlisée – une coque abandonnée dans la vase de Brightlingsea.

Toute une argumentation donnait de l'opacité à l'accusation. Elle s'apesantit sur Lomax comme un brouillard dans lequel il ne pouvait trouver un chemin. On essayait de jeter quelque lumière sur ses pitoyables motifs. Il en entendit l'exquis ridicule. Il vit le sourire de dérision passer sur le jury. Il sympathisa. Il le voyait bien, il ne fallait pas s'attendre à ce qu'on le croie ; si seulement Bellamy ne lui avait pas laissé sa fortune, il aurait eu une chance. Mais il ne voulait pas se montrer assez peu généreux jusqu'à critiquer Bellamy.

C'était la première journée du procès. La nuit, dans sa cellule, il se sentit presque heureux : il était content d'endurer tout cela pour Bellamy. Il l'avait aimé. Son privilège avait été de lui épargner des années de vie intolérable. Il ne cessait pourtant d'objecter que l'homme aurait aussi bien pu remplir la fonction lui-même ; car Bellamy était un lâche – il l'avait dit une fois pour toutes, et cela Lomax l'avait accepté. Il dormit peu cette nuit-là, une sorte d'exultation le tenait éveillé : il avait sauvé Bellamy, Artivale aurait l'argent, et il était possible qu'il ait rendu grand service à Miss Whitaker. Moins un service, sans doute, que lui avoir trouvé pour servir de père à son enfant un homme convaincu de meurtre ; mais entre lui et sa conscience il y avait la certitude que ses intentions étaient honorables. Il avait l'esprit parfaitement clair cette nuit-là. Il savait qu'il devait s'accrocher à ces trois choses et il s'en irait, apaisé, à l'échafaud.

Le deuxième jour, deux chances lui furent retirées.

La première fut la plus dure à supporter. L'autopsie n'avait décelé aucune maladie mortelle dans le corps exhumé. Lomax, l'air éteint dans son box, fut saisi d'un bref regain d'intérêt : alors, Bellamy, lui aussi, était du même côté ? Mais ce que Bellamy croyait réellement resterait à jamais inconnu.

La seconde concernait Miss Whitaker. Avant de l'appeler à la barre, on fit évacuer la salle. L'avocat présentant que les preuves qu'il allait produire étaient d'un caractère trop délicat et privé pour être rendues publiques. Ah ! enfin une délicatesse qu'ils peuvent comprendre, pensa Lomax. Il était assis, tranquille, tandis que les gens piétinaient vers la sortie de la salle d'audience précédés par un huissier. Puis quand les portes furent closes, il entendit la voix maintenant familière appeler : Evelyn Amy Whitaker.

Elle était à la barre des témoins. Lomax connaissait juste assez la loi pour savoir qu'elle devait être là de son plein gré, puisqu'on ne pouvait contraindre une femme à déposer contre son mari. Ou essayait-elle de cacher qu'ils étaient mari et femme ? Dans ce cas, il la laisserait libre, il n'interviendrait sûrement pas. Calme, il écouta avec intérêt.

Habitait-elle au 40 de College Building à Kensington ? Effectivement. Elle connaissait l'accusé depuis le mois d'avril de l'année précédente. Elle l'avait rencontré sur le yacht de Bellamy. Ils avaient navigué de Southampton à Alexandrie, et de là ils étaient allés au Caire. Au Caire elle s'était mariée avec l'accusé.

Ici l'avocat de Lomax protesta en disant que la déposition était sans rapport avec la question.

Le procureur maintint que la déposition était nécessaire pour mettre en lumière le caractère de l'accusé, et l'objection fut écartée.

L'examen continua : le mariage avait eu lieu sur la seule proposition de l'accusé. Il avait paru très bizarre, et avait insisté pour porter ses lunettes de verre teinté, même dans le bureau. Là une nouvelle protestation s'éleva et fut retenue par Son Honneur. L'accusé était toujours très intéressé par Mr. Bellamy, et à l'occasion disait qu'il n'arrivait pas à le comprendre ; il demandait également leur avis au témoin et à Mr. Artivale. Elle n'avait jamais entendu Mr. Bellamy faire aucune allusion à sa santé. Elle avait su que Mr. Bellamy et l'accusé étaient restés enfermés pour de longs entretiens dans la cabine de Mr. Bellamy.

Arrivés à ce point, par bonheur l'interruption du déjeuner fut annoncée. L'avocat de Lomax, très agité par ce développement inattendu dans le procès, se précipita pour s'entretenir avec son client.

« Mais, vous ne m'avez jamais dit un mot de tout ça !

— Pourquoi l'aurais-je fait ? dit Lomax. Il me semble que cela n'avait rien à voir avec Bellamy.

— Mais nous ne savons pas ce que va dire cette femme tout à l'heure ! Je vous demande pardon, je veux dire Madame votre femme…

— Je sais parfaitement bien ce qu'elle va dire », dit Lomax d'un ton las. Toute cette histoire l'ennuyait affreusement, il voulait seulement en finir le plus vite possible. Peut-être dans l'autre monde trouverait-il la solution qui lui avait si visiblement fait défaut dans celui-là ?

Son avocat déjà fondait sur lui comme un fox-terrier sur un rat. « Vous savez parfaitement ce qu'elle va dire ? »

Lomax n'avait nulle intention de lui raconter, mais, sous la pression habile, tout ressortit. À l'instant même où son avocat venait de le quitter, il regretta d'avoir parlé ; dès lors il était trop tard. Les mots ou les actes ne pourraient jamais être rattrapés.

Mise en cause après le déjeuner par l'avocat de la défense : n'était-il pas un fait établi qu'elle avait conduit l'accusé à la croire enceinte d'un homme se trouvant à l'étranger ? et que la proposition de mariage avait été faite par l'accusé dans une intention chevaleresque ? Certainement pas.

Le Dr. Edward Williams, de Harley Street, gynécologue, à la barre : il soignait le témoin et pouvait déclarer sous la foi du serment qu'elle n'était pas dans l'état mentionné. La dame était en fait, ajoutait-il, vierge.

Lomax écoutait cette fantasmagorie de vérités et de contre-vérités. Il aurait presque remercié le médecin pour l'éminence et la précision incontestables de sa déposition. Cela rayonnait comme une clarté dans la nuit. Mais il se demandait bien comment son avocat avait réussi à mettre la main sur ce médecin, et aussi vite. Cette énigme resterait à jamais sans réponse.

Son Honneur, très irrité : « Je ne peux retenir cela.

— Comme il plaira à Votre Honneur. »

Le jury avait des regards paternels pour Miss Whitaker, pensant qu'ainsi elle faisait une belle sortie.

Une fois de plus, Lomax sympathisait avec le scepticisme du jury. Il voyait, une fois de plus, qu'il ne pouvait pas s'attendre à être cru. « Les gens ne font pas de telles choses » ; les hommes n'étaient pas Don Quichotte à ce point-là. Évidemment ils ne pouvaient le croire. Lui-même, dans sa période pré-lunettes, n'y aurait pas cru. C'est à peine si maintenant il y croyait. Les lunettes étaient les vraies responsables, cela rendrait seulement les choses encore pires s'il parlait de ses lunettes au jury. Il n'y avait pas place pour des choses pareilles dans un tribunal ; et comme toute la vie n'était qu'un tribunal, il n'y avait pas place pour cela dans la vie.

Les arguments de la défense étaient suffisamment faibles déjà. Lomax n'avait jamais su le nom du médecin qui avait donné à Bellamy sa sentence de mort ; et malgré une annonce mise dans les journaux, il ne s'était pas manifesté. Artivale, un témoin passionné, avait vu son récit immédiatement mis en pièces. Lomax lui-même fut interrogé. Tout cela sonnait creux. Privé de ses lunettes, maintenant, il était redevenu un homme ordinaire, cet Arthur Lomax traversant l'existence, avec pour seul savoir ce fantastique interlude comme s'il concernait un autre homme, savoir plus que souvenir, car tout cela était des mots, pour lui, n'existait plus dans ses sensations. Revenu à la période pré-lunettes, il pouvait regarder son histoire sans complaisance, voir qu'elle ne supportait aucun rapprochement avec le monde des faits. Une erreur, il avait toujours su que c'était une erreur de mélanger les genres. Et pour s'être accordé ce luxe, arrivait pour lui le moment d'être pendu. Peut-être était-ce une sanction excessive, mais Lomax n'était pas homme à se plaindre.

Miss Whitaker vint le voir en prison. Elle était sa femme, même s'il l'avait honteusement traitée, elle n'eut donc aucune difficulté à obtenir l'autorisation nécessaire de l'autorité compatissante. Lomax eut plaisir à la revoir. Elle lui remémora l'Illyrie et le coati

– quoique maintenant il ne les reconnaisse plus que par ouï-dire. Mais Miss Whitaker elle-même était un peu embarrassée, regrettant presque d'être venue. Comme Lomax, elle trouvait la réalité déroutante.

« J'ai bien peur que vous n'ayez ruiné votre vie, dit-elle en regardant autour d'elle la cellule nette.

— Pas du tout, dit poliment Lomax, pour autant que je n'ai pas ruiné la vôtre. Je regrette seulement que mon avocat ait mentionné ce qui concernait l'enfant. Il l'a tiré de moi dans un moment où je n'étais pas sur mes gardes. Je suis content d'avoir l'occasion de vous faire mes excuses.

— Oui, pauvre petite chose, dit Miss Whitaker, mais comme mon nom n'a pas été publié, il n'y avait aucun dommage. J'étais ennuyée, aussi, d'avoir à déposer contre vous. Robert a insisté. Je vous avais prévenu que Robert était très vindicatif.

— En effet, dit Lomax.

— Je voulais vous dire, ajouta Miss Whitaker en regardant le bout de ses chaussures, qu'*il* revient. Il était chez les Indiens pendant les six derniers mois, et il a détruit sa santé. Il arrive à Southampton – d'où nous sommes partis, vous vous souvenez ? – juste avant Noël.

— Je regrette, dit Lomax, de ne pas avoir le plaisir de le rencontrer.

— Non », dit Miss Whitaker, puis semblant perdre un peu la tête, elle dit encore : « Non, bien sûr, vous ne pourrez pas. Je devrais peut-être m'en aller ? »

En tout cas Artivale aurait l'argent. Lomax serrait cela sur son cœur. C'est la Science qui aurait l'argent. La Science était un fait qui échappait à la caricature. Absolue, comme les Mathématiques. Il avait eu son compte de vivre dans un monde où la vérité était fausseté et fausseté vérité. Il était sur le point d'abandonner ce monde ; seul son don pour elle serait une région incorruptible ; lui laisser ce réconfort, quand tous les autres avaient tourné à la dérision la plus vive.

Peu après que Lomax eut été pendu, les plus proches parentes de Bellamy, deux vieilles dames vivant à Hampstead et qui s'employaient à la conversion des païens, intentèrent un procès en alléguant que le testament de Bellamy portait la marque des manœuvres captatoires d'Arthur Lomax. La cause fut aisément entendue, et l'on put comprendre que la totalité des biens serait remise par les proches parentes, comme sommes restituées par remords de conscience, à la disposition du Trésor de Sa Majesté. Ainsi la dernière des choses auxquelles tenait Lomax lui fut retranchée, mais, par chance, il était trop tard pour lui pour en rien savoir.

PAPIER À BASE DE FIBRES CERTIFIÉES

Le Livre de Poche s'engage pour l'environnement en réduisant l'empreinte carbone de ses livres. Celle de cet exemplaire est de :
150 g éq. CO_2
Rendez-vous sur www.livredepoche-durable.fr

Composition réalisée par PCA

Achevé d'imprimer en mai 2021 en Espagne par
LIBERDUPLEX 08791 St Llorenç d'Hortons
Dépôt légal 1re publication : juin 2021
LIBRAIRIE GÉNÉRALE FRANÇAISE
21, rue du Montparnasse – 75298 Paris Cedex 06

55/7727/4